대만 독자 여러분
모두 행복 하세요
김두엽
2022년 4월

＊祝福台灣的讀者們
幸福快樂
金斗葉
2022年4月

시 속에 그림이 있고
그림 속에 시가 있다.

대만에 계신 좋으신 독자님들
내내 행복하시기 빕니다.

2022년 4월
나태주 드림

＊詩中有畫
畫中有詩。
祝福台灣的好讀者們
一直幸福下去。
2022年4月
羅泰柱上

就像現在這樣

就像現在這樣
지금처럼 그렇게

作　　者｜羅泰柱
繪　　者｜金斗葉
譯　　者｜莫莉

2022年4月28日　一版第1刷發行
2023年3月16日　一版第2刷發行

發 行 人｜岩崎剛人
總　　監｜呂慧君
編　　輯｜黎虹君
美術設計｜邱靖婷
印　　務｜李明修（主任）、張加恩（主任）、張凱棋

台灣角川

發 行 所｜台灣角川股份有限公司
地　　址｜104台北市中山區松江路223號3樓
電　　話｜(02)2515-3000
傳　　真｜(02)2515-0033
網　　址｜http://www.kadokawa.com.tw
劃撥帳戶｜台灣角川股份有限公司
劃撥帳號｜19487412
法律顧問｜有澤法律事務所
製　　版｜尚騰印刷事業有限公司
I S B N｜978-626-321-381-4

國家圖書館出版品預行編目(CIP)資料

就像現在這樣/羅泰柱作；金斗葉繪；莫莉譯. -- 一版. -- 臺北市：臺灣角川股份有限公司, 2022.04　面；　公分
譯自 : 지금처럼 그렇게
ISBN 978-626-321-381-4(平裝)

862.51　　111002300

金斗葉＊圖　羅泰柱＊文

就像現在這樣

2021
김두엽

上了年紀

白髮蒼蒼

才能成為孩子的人

나이 들어

늙어서

비로소 아이가

될 수 있었던 사람

2021 김두엽

甚至才能

成為畫家的人

金斗葉奶奶

是世上絕無僅有的恩賜

羅泰柱《恩賜》

게다가 화가까지

될 수 있었던 사람

김두엽 할머니

세상에 없는 축복이에요.

나태주 <축복>

前文

我現在也懂得讀詩

之前我不曾閱讀過現代詩，更不認識寫詩的人，我從沒想過羅泰柱詩人會是個有名人士，單純只是感謝他替我的第一本畫冊撰寫推薦文而已。

不過現在我知道，羅泰柱詩人筆下能寫出多麼美麗的詩文，又是多麼有名的詩人。我一邊畫著要放入這本詩畫集的畫，孫子在一旁朗誦著羅泰柱詩人的詩詞，當中也包含了〈草花〉一詩，不過已是九十五歲老奶奶的我，反覆聽了好幾次才意會詩詞的涵義，「一看再看，才顯美麗」真是句優美的詩詞。

當我閱讀羅泰柱詩人為我的畫作而寫的詩，內心感到萬分神奇，這些畫作都是我將所見所感畫下的圖畫而已，羅泰柱詩人卻能從中感悟到這些故事，並化為詩詞字句，我又驚又喜，自己的圖畫儼然成為一首現代詩，現在我也是懂得詩詞的人了。

我很榮幸能結合羅泰柱詩人的優美詩詞與我的畫作編成這本詩畫集，這是我人生中意義非凡的禮物。

金斗葉

前文

怦然心動

我的人生可說是以寫詩活過來的，短則五十年；長則六十年的歲月皆在寫詩。一件事的開頭與中間固然重要，不過最重要的卻是下半場，以奧運的賽跑來說，起跑至中段的成績雖然重要，但若是在終點線前跌倒，一切將成枉然，即是失敗。

我認為這就像是人生，年輕人們或許認為現在眼前的生活才是最為重要，不過更重要地其實是上了年紀後之後的人生，更準確地說是老了後的人生，金斗葉奶奶在上了年紀之後才開始拿起畫筆畫畫，成為畫家，這是非常難能可貴的事，也是一份美麗的恩賜。

所以當時我替她的畫集撰寫了推薦詞，我看著她的畫內心是澎湃不已。能讓人再次怦然心動的畫，就是金斗葉奶奶的畫作，我從她的畫中感受到躍動的生命、愛意與夢想。之後我接到出版社的邀約，希望能將我的詩與金斗葉奶奶的畫作結合，編成一本詩畫集，我欣然接受後則誕生了這本書。

在書中，我寫進了對於金斗葉奶奶的支持。我相信她以單純直白、真誠不假的筆觸所畫出的畫作，為的是希望欣賞畫作的讀著能從中引發思考，感受更多畫布以外的情感並再次作夢。而我也希望閱讀本詩畫集的讀者也能有機會再次咀嚼誠實與單純的美好。

2021年，秋

羅泰柱

目錄

前文

一部

❀

人們很好
陽光很好
微風也很好

就像現在這樣
一部

人們很好

陽光很好

微風也很好

就是如此

有人說過
今天是昨天死去的人
最想活著的明天

又有人說過
如果你現在就死去
重生後就是活在天國的人

矮小的狗尾草
和嫩黃的苦菜花以及粉色花瓣的石竹花
就是如此，就是如此
它們輕點著頭

그건 그렇다고

누군가 말했다
오늘은 어제 죽은 사람이 그렇게도
살고 싶었던 바로 그 내일이라고

누군가 또 말했다
그렇다면 당신은 지금 죽었다가
다시 태어나 천국에 사는 사람이라고

어린 강아지풀과
노랑 씀바귀꽃과 분홍빛 패랭이꽃이
그렇다고, 그건 그렇다고
고개를 끄덕여주고 있었다.

2021 김두엽

兩個人

兩個人手牽手
走到花木下方

你也是帶花的樹
我也是帶花的樹

我們兩個是帶花樹下的
花木

둘이서

둘이서 손잡고
꽃나무 아래 갔지요

너도 꽃나무
나도 꽃나무

둘이서 꽃나무 아래
꽃나무였지요.

2021 김두엽

花束

無法讓你看見我的心意

因此讓你望見這朵花

無法將我的心給你

因此給你這束花

衷心期盼

你別拒絕

꽃다발

마음을 보여줄 수 없어

꽃을 보여주고

마음을 줄 수 없어

꽃다발을 드리니

부디 거절하지

마시기 바랍니다.

2021
김두엽

夜晚盛開的花

哇！

在夜晚才盛開的花！

彷佛天上的星兒皆落下

掛在樹枝上

啪！啪！啪！

耳邊傳來

星兒鼓掌的聲響

밤에 피는 꽃

와!

밤에 핀 꽃이라니!

하늘의 별들이 모두 내려와

나무에 걸렸나보다

짝! 짝! 짝!

별들이 손뼉 치는

소리도 들린다.

翠綠山間

有時
翠綠的山
比你還美麗

翠綠的山
吐露出
翠綠的氣息

當我深吸一口氣
再吸一口氣
我是否也會
更像那座山？

푸른 산

푸른 산이
너보다
더 예뻐 보이는
날이 있었다

푸른 산이
토해 놓는
푸른 숨소리

받아 마시고
또 마시면
나도 조그만
산이 되지나 않을까?

和那翠綠的山間

對望一整天後

我也想要

有天能與它

相互直視

푸른 산과

하루 종일

마주 서서

눈썹을 맞추고 싶은 날이

내게 있었다.

包裹來了

叭叭

包裹來了

裝載著雲朵

捎來了微風

將秋天也一併寄了過來

希望你今年

如同你所耕耘的努力般

幸福快樂

배달 왔어요

뿡뿡

배달 왔어요

구름을 싣고 왔고

바람을 싣고 왔고

가을까지 데리고 왔어요

올해도 좋은 가을

당신이 일한 만큼

행복하시기 바래요.

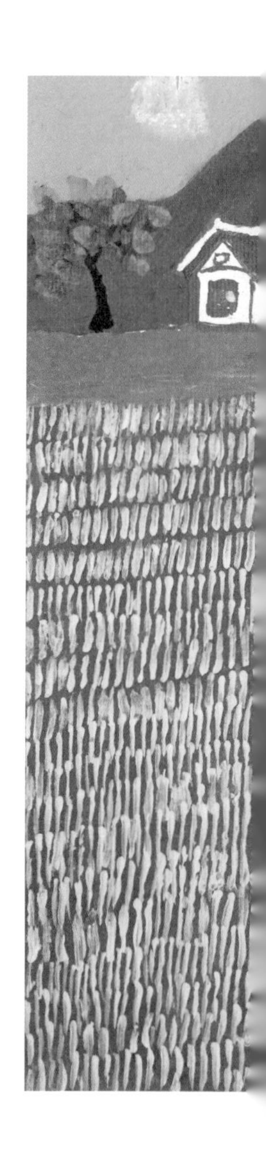

2021
김두엽

散步

原只想一起散散步
不過花香四溢；綠草芬芳
不知不覺走到了遠方

我沒有特別要對你說的話
只是隨興說著這些與那些
不知不覺眼眶卻泛了淚
澎湃自心頭湧起波濤

差不多該回去了
身後的花兒笑著
鳥兒也帶著笑飛去

산책

조금만 함께 가자 했어요
그러나 꽃향기 좋아 풀향기 좋아
멀리까지 와버리고 말았어요

할 얘기가 있었던 것도 아니지요
그저 그런 얘기 이 얘기 저 얘기
서로 나누다가 그만 눈물이 글썽
가슴이 찡하기도 했지요

이젠 돌아갈까 그래요
등 뒤에서 꽃들이 웃고
새들이 웃겠지요.

喜歡

좋아요

只是很喜歡
奮力地搓洗了衣服
披掛在曬衣繩上
陽光燦爛的天氣
小雞與母雞
在一旁
小狗在另一旁
一下下，一下下而已
並肩坐在椅子上
休息
短暫的憩息
無論談論什麼
都沒有誤會
也沒有負擔
與誰都好的日子

그냥 좋아요
힘들게 빨래해서
빨랫줄에 널고
햇볕 바른 날
병아리 암탉
그 곁에
멍멍이 또 그 곁에
잠시 그저 잠시
나란히 의자에 앉아
쉬는 시간
잠시의 휴식
무슨 이야기를 해도
오해가 없고
마음 무겁지 않은
그 누구와 함께
좋아요 그냥

一切都很棒

人們很好

陽光很好

微風也很好

다 좋아요

사람이 좋고

햇빛이 좋고

바람이 좋아요.

親愛的，這個世上

親愛的，別認為
世界上的歡欣喜悅
都等著我們

不過也別認為
世界上只有悲傷孤獨
等著我們

人生就是淡然地面對
水到渠成，隨風搖曳
就這樣活著

여보, 세상에

여보, 세상에 많은 기쁨이
우리를 기다리고 있다고
생각지 맙시다

그렇다고 여보, 세상에는 슬픔과 괴로움만
우리를 기다리고 있다고
생각지도 맙시다

그저 덤덤히 사는 거요
될 수 있는 대로 무덤덤히
그저 사는 거요.

2020
김두엽

2021
김두엽

海水浴場

哇

寬闊的大海

有著好多戲水的人

但是

我連一次

都沒有去過

那裡是

我只在夢裡

去過的地方

해수욕장

와

넓은 바다

사람도 많아

그러나 나는

한 번도

가본 일이 없어

꿈속에서만 가끔

가보기도

했던 곳.

早晨鳥鳴

為了聆聽早晨的鳥鳴
昨天晚上
特別早早入睡
不過牠早我一步
甦醒起身，搖動枝椏
敲動門窗
將我搖醒的
鳥鳴
這些鳥兒
還真勤奮

아침 새소리

아침 새소리를 들으려고
어제 저녁 일부러
일찍 잠들었는데
나보다 한 발 앞장 서
잠 깨어 숲을 흔들고
창을 흔들고
잠든 나를 흔들어 깨우는
새소리
온, 녀석들
부지런하기도 하지.

松葉牡丹

矮小的花

緊挨著大地生長的花

但它仍喜愛陽光

陽光一探頭，它就笑得耀眼燦爛

當風刮起時，向日葵、波斯菊

個子高的花兒們一個個彎腰不穩

它是那已經低矮到不行

無法跌至更低的花

就算你跌落在地

也要撐著大地再起

채송화

난쟁이 꽃

땅바닥에 엎드려 피는 꽃

그래도 해님을 좋아해

해가 뜨면 방글방글 웃는 꽃

바람 불어 키가 큰 꽃들

해바라기 코스모스 넘어져도

미리 넘어져서 더는

넘어질 일 없는 꽃

땅바닥에 넘어졌느냐

땅을 짚고 다시 일어나거라

它不發一語

教導著人們道理

사람한테도 조용히

타일러 알려주는 꽃.

怎樣都不喜歡世界的那天

起了風的那天就聽音樂
陽光明媚的那天
就拿起畫筆畫畫，獨自一人

無論怎樣都不喜歡世界的那天
我要越過綠色的籬笆
去看孩童玩耍

在爬藤玫瑰的剪影下
沒有玩具也玩得不亦樂乎的孩子們
我要去聽聽他們的聲音

아무래도 세상이 마음에 들지 않는 날

바람 부는 날이면 음악을 듣고
햇빛 부신 날은
그림을 그렸다, 혼자서

아무래도 세상이 마음에 들지 않는 날은
초록의 울타리 너머 아이들
노는 거 보러 가야지

줄장미꽃 그늘 아래
장난감 없이도 재미있게 놀고 있는
아이들 소리 들으러 가야지.

2018

2020
김두엽

只是

我想念一個人

即使身處人們之間

我還是想念一個人

你這個人

그냥

사람이 그립다

많은 사람 속에 있어도

사람이 그립다

그냥 너 한 사람.

夢中夢

꿈속의 꿈

摺起一整天疲憊的日程
現在已在夢之國度的孩子啊
我盼你在夢裡遇見
一個美好的世界

與思念的人相會
無拘無束地完成心願
無憂無慮地手舞足蹈
哼唱幾句小調
脫去厚重的鞋子
光著腳漫步在白雲之上

我們在世上
所活著的每一天也是場夢
盼望你在安穩舒適之地
自美好的夢中甦醒

하루의 고달픈 일과를 접고
지금쯤 꿈나라에 가 있을 아이야
부디 꿈속에서 좋은 세상
만나기 바란다

보고 싶은 사람 보고
하고 싶은 일하고
걱정 없이 웃고 춤추고
노래하기만 하렴
무거운 신발 벗고 맨발로
구름 위를 걷기도 하렴

우리들 세상의
하루하루 날들 또한 꿈
부디 편안한 잠자리
꿈을 꾸고 일어나

願你的明天

活在充滿夢想的世界

내일도 하루 꿈꾸는

세상을 살기 바란다.

跳繩

來玩跳繩吧，砰咚
這次換你跳
下次換我跳

來玩跳繩吧，砰咚
朋友們
別站在那看著
趕緊來一同玩跳繩

跳著跳繩
學會了
有你才有我
有我才有你

줄넘기

줄넘기하자 폴짝
이번에는 네가 넘어라
다음에는 내가 넘을게

줄넘기하자 폴짝
친구들아 거기서
구경만 하지 말고
이리 와서 함께 넘자

줄넘기하며
네가 있어야 내가 있고
내가 있어야 네가 있음을
새롭게 배운다.

2021
김두엽

生命

好熱、好熱

連這句話

也是活著的證明

好冷、好冷

就連這句話

也是感謝的話語

목숨

덥다, 덥다

이 말도

살아 있다는 증거

추워요, 추워요

이 말씀도

고마운 말씀.

2021
김두엽

POST

我們家1

即使小偷找上我們家

他也沒有能帶走的物品

不過我們家對我來說

宛如宮殿般

因為我們家

沒有小偷需要的東西

卻有著我無比需要的事物

우리 집 1

우리 집엔 밤손님이 찾아와도

가져갈 만한 물건이 없다

그러나 나에게 우리 집은

궁전과 같다

그것은 우리 집에

밤손님에게 필요한 물건은 없고

나에게 필요한 물건은 많기 때문.

2021

我

我是來到這個世界的旅行者

每一天重新離開

每一天重新相遇

每一天重新回來

在這個世上我永遠是個孩子

每一天重新誕生

每一天重新長大

每一天再次迎向死亡

나는

나는 이 세상 구경 나온 여행자

하루하루 새로이 떠나고

하루하루 새로이 만나고

하루하루 새로이 돌아온다

이 세상에서 나는 언제나 어린아이

하루하루 새로이 태어나고

하루하루 새로이 자라고

하루하루 새로이 죽는다.

美好的一天

我今天有個重要的約會
我要與孩子們將花的種子種在花田
種完花後要和他們一同寫文章
若還有餘裕，我們要沿著草徑走
將路上的小花畫在紙上
與孩子們有約會的我
就像漂浮在天空上的白雲船隻
孩子宛如那道純真的微風
將我推往天邊
孩子們正等著我
今天是美好的一天

참 좋은 날

오늘은 중요한 약속이 있다
아이들과 꽃밭에 꽃모종을 하기로 한 약속
꽃모종을 하고 나서
글짓기도 하기로 한 약속
시간이 남으면 들길로 나가 풀꽃
그림도 그리기로 한 약속
아이들과의 약속은 나를 하늘에 떠 있는
흰 구름 배가 되어 흘러가도록 해준다
그러하다, 아이들은 나를 머언 하늘로 자꾸만
밀어내는 순한 바람결이다
아이들이 나를 기다리고 있다
오늘은 참 좋은 날이다.

聲響

我們家裡的壁鐘
會在晚上十點和十一點時響起
我在這沉靜的鐘響聲裡闔眼
三十年如一日，轉眼而去

妻子在房內
低聲酣睡著
那細細鼾聲
將我帶往熟睡夢鄉
三十年如一日，轉眼而逝

到了隔天早晨
壁鐘沉靜的聲響
低鳴報時七點已到
妻子與我從睡夢中
睜開雙眼

울림

우리 집 괘종시계가
밤 열 시를 울리고 열한 시를 울린다
그 조용한 울림 속에 잠이 든다
그렇게 30년이 하루같이 흘렀다

안방 침대 위에서 아내가
나직나직 코를 골며 자고 있다
아내의 코 고는 소리에 이끌려
나는 더욱 깊은 잠의 골짜기로 빠진다
그렇게 30년이 한 시간같이 사라졌다

내일도 아침, 괘종시계가
또다시 나직한 목소리로
일곱 시라고 속삭여줄 때
아내와 나는 잠에서
깨어날 것이다.

2020

因為你

因為你讓我變得消瘦

晚上輾轉難眠

餐餐食不下嚥

但也因為你讓我的心感到充實

只要想起你，世界就有了光

就有了想要繼續活著的決心

今天的我也好幾次

因為你心臟怦咚怦咚躍動不已

다시 당신 탓

당신 탓으로 몸이 여위어갑니다

밤에 잠이 오지 않을 때 있고

밥맛을 잃을 때도 있으니까요

그러나 당신 탓으로 마음의 부자가 됩니다

당신 생각만 하면 세상이 빛나 보이고

좀 더 살아봐야겠노라 결의도 생기니까요

오늘 나는 여러 번

가슴이 울렁거렸습니다.

2021
김두엽

山路

在山上獨自呼喊的回音

因為沒有回答的人，可有多麼快樂

在山上獨自聆聽的鳥叫聲

因為沒有人傾聽，更加快樂了

산길

산에 와서 혼자 부르는 메아리는

대답해주는 사람 없어서 좋데

산에 와서 혼자 듣는 산새 소리는

듣는 이 아무도 없어서 더욱 좋데.

2021
김두엽

問候

我們不要變心喔

這句話講出來的瞬間

就是變心的證據

인사

우리 마음 변하지 말고 삽시다

그 말부터가 벌써

마음 변했다는 증거.

2021
김두엽

香氣

香氣

從不炫耀

香氣

從不固執

它將與對方合為一體

相互相愛

請你

成為我的香氣

향기로

향기는

자랑하지 않는다

향기는

고집부리지 않는다

다만 하나가 되어

서로를 사랑할 뿐이다

당신,

나의 향기가 되어주십시오.

2021
김두엽

就像現在這樣
二部

就像現在

溫柔地活著

好好地活著

김두엽

春夜

花在夜臨時綻放

鳥在夜臨時啼叫

將花冷落在院子

獨自進到屋內

沉沉睡去的話就太可惜了

將鳥兒冷落在樹

獨自進到屋內

沉沉睡去的話就太抱歉了

微風

沁著一絲香氣

人的心田

也繚繞芬芳

봄밤

꽃 피는 밤이에요

새가 우는 밤이에요

꽃들만 뜰에 두고

혼자서 방에 들어와

잠들기 아쉬워요

새들만 나무 위에 두고

혼자서 방에 들어와

잠들기 미안해요

바람에서도

향내가 묻어나고

사람의 마음에서도

향내가 날 것 같아요.

身邊

想要
在你身邊短暫停留後
再離開

猶如一幅畫作
宛如一節曲子

希望
你也在我身邊短暫停留
再離去

곁에

잠시
네 곁에 머물다
가고 싶다

한 장의 그림처럼
한 소절 음악처럼

너도 내 곁에
잠시 머물다
갔으면 한다.

先說再見

起了個早
按下快門
先跟萬物道句離別
對著第一次見到的大樹
對著綠草；對著花朵
還有那些我不認識的人們
所住的屋子
對鳥兒；對風兒
雖是第一次見面
但也先對你說再見
因為不知道何時能再訪
不知道何時能再見
過了今夜
明天就要啟程離開
這個國度的一切
對我而言都是初次見面

미리 안녕

아침 일찍 일어나
사진을 찍으며
미리 이별의 인사를 해둔다
처음 본 나무에게
풀에게 꽃들에게
혹은 내가 모르는 사람들이 사는
집들에게
새소리에게 바람에게
처음 만났지만
이별의 인사를 해둔다
언제 또다시 오게 될지
언제 다시 보게 될지
오늘 밤 하루 더 묵고 내일이면
떠나갈 이 나라의
모든 것들에게
나에게 맨 처음

將西方的肉體所體現的東西們

我也先說再見

明天就會繁忙

無法好好道聲離別

花草樹木和風兒

以及穿梭的鳥兒

再見，再見

先說再見

서양의 육체를 보여준 것들에게

미리 작별의 인사를 해둔다

내일이면 바빠서

인사를 하지 못할 거야

모든 나무들과 바람에게

그 위의 새소리에게

안녕 안녕

미리 안녕.

20·20
김두엽

遠方

我去了遠方
遠方即是陌生的地方
素未謀面的人們
生疏未知的景色
有一條橫跨村莊的
寬闊小溪
溪上有座大橋
我將心裡的一隅放在那
那個遠方
現在也在我心上
生息流動

먼 곳

먼 곳에 갔었다
먼 곳은 낯선 곳
사람도 낯설고
풍경도 낯설고
마을을 가로지르는
넓은 개울물
개울물 위에
커다란 다리
마음도 한 자락
그곳에 두고 왔다
먼 곳이 이제
내 마음속에 들어와
살기 시작했다.

為了消逝

日復一日哭著禱告

晨陽與落日
是多麼莊嚴美麗的存在！
在它們的交替之間有多少事物
重新誕生與迎向死亡！
早晨的太陽抹去星辰與漆黑
傍晚的夕陽帶走白天的一切
比起這些，更讓你與我
相遇變得困難
分離也變得困難
再見，別再哭泣，好好過活
別太辛苦

日復一日揪著心頭禱告著

사라짐을 위하여

날마다 울면서 기도한다

아침 해와 저녁 해는 얼마나
장엄하고 아름다운 것인가!
그 둘 사이에 얼마나 많은 것들이
새롭게 태어나고 새롭게 죽는가!
아침 해는 저녁 어둠과 별들을 사라지게 하고
저녁 해는 한낮의 모든 것들을 데려간다
무엇보다도 너와 내가
다시 한번 어렵게 만나고
어렵게 헤어진다
잘 가 울지 말고 잘 살아
너무 힘들어하지 마

날마다 마음 조아려 기도한다.

2021
김두엽

冰冷的手

我昨天也一整天
看著山，眺望著藍天
傾聽蟬叫
但一心只想著你

胸口傳來一陣溫熱

今早我也睜開雙眼
眺望藍天，看著山
欣賞飛鳥
但一心只想著你

手心也逐漸溫熱

차가운 손

어제도 하루 종일
산을 보고 하늘 보고
매미 소리를 들었지만
당신만 생각했습니다

가슴이 따뜻해졌습니다

오늘 아침에도 잠 깨어 눈을 뜨고
하늘 보고 산을 보고
날아가는 새를 보았지만
당신만 생각했습니다

손까지 따뜻해졌습니다.

疑問

我為何而活？

為了我喜歡的人
為了我喜歡做的事
為了追尋我喜歡的感覺

有時我深怕
我喜歡的人、我喜歡的感覺
會離開我而小心翼翼

人活在世上
其實沒什麼大不了

물음

나는 무엇을 위해 살았는가?

내가 좋아하는 사람을 위해
내가 좋아하는 일을 위하여
내가 좋은 느낌을 좇아서

더러 나는 내가 좋아하는 사람
내가 좋아하는 일이나 느낌이
내게서 떠날까 봐 조바심하면서

사람 사는 일이 참
별 것도 아닌 걸 압니다.

重逢

涙水滿盈

窗外陽光燦爛

窗內眼神交織

就算我們

再次分離

也別再

椎心刺骨

재회

눈물 번질라

창밖에 부신 햇빛

창 안에 고운 눈빛

우리 다시

헤어지더라도

너무 힘들게는

헤어지지 말자.

2021
김두엽

2020
김두엽

浪濤

岩石總是

守在原位，始終如一

浪濤卻獨自心急如焚

口咬泡沫簇擁而至

粉碎了自己的身軀

散成浪花而死去

那就是我今天在你面前的模樣

파도

바위는 언제나 그 자리

그대로 있지만

파도는 저 혼자 애가 타서

거품을 물고 몰려와서는

제 몸을 부수고

산산조각으로 죽는다

오늘 너를 두고 나의 꼴이다.

耀眼

耀眼動人

彼此相像又各有特色

更美了

原來是花兒，五彩繽紛

穿戴著美麗的衣帽

配上合襯的鞋履

就像現在這樣

溫柔地活著

好好地活著

눈이 삼삼

예쁘구나 눈이 삼삼

서로 닮고 닮지 않아

더욱 예쁘구나

꽃이구나 알록달록

고운 옷 예쁜 모자

게다가 신발까지

지금처럼 그렇게

정답게 살아야지

예쁘게 살아야지.

2020
김두엽

波斯菊

波斯菊粉嫩或純白
時而鮮豔火紅
草莖細長的花
只要起點風就會左右搖曳

輕撫而來的風兒
觸動波斯菊花兒們
曾去向遠方的秋風
回來了

陽光也點點頭
秋天來了呀
彼此臉上
互掛著喜孜孜的笑容

코스모스

코스모스꽃은 분홍 하양
어쩌다 빨강
키가 큰데 목까지 길어서
조그만 바람에도 몸을 흔들어요

살랑살랑 부는 바람
코스모스 꽃나무를 흔들어요
어디론가 떠났던 가을바람이
돌아왔어요

햇빛도 그래 그래
가을이 왔구나
함께 와서 생글생글
웃는 얼굴 좋아해요.

相似

兩隻兔子
兩隻蝴蝶

兔子在草叢間
蝴蝶在天空中

雖然彼此
在不同的國度

卻同樣地相伴並行
和樂融融地活著

닮은꼴

토끼는 두 마리
나비도 두 마리

토끼는 풀숲에
나비는 하늘에

서로 다른
나라에 살지만

둘이서 정답게
사는 것이 닮았다.

星兒也知道的事

我將對你的思念藏在懷中

深愛你的我

最後連地球也無法承載

這件事樹木皆知

星兒也看在眼底

별들도 아는 일

너의 생각 가슴에 품고

너를 사랑하는 한

결코 나는 지구를 비울 수 없다

그것은 나무들이 알고

별들도 아는 일이다.

2021
김두엽

2021
김두엽

以前的家

以前曾住過的家，就是以前的家

現在已經找不到以前的家

它已不存在這個世界

但我偶而仍會看見它

當我自己一個人時

當我孤獨時

身體病痛思緒卻清晰無比時

那小巧的庭院裡，長著兩顆柿子樹

옛집

옛날에 살던 집, 옛집

옛집은 보이지 않는다

더 이상 세상에는 없는 집

그러나 가끔씩 보인다

혼자일 때

외로울 때

몸이 아프고 정신이 맑을 때

좁은 마당에 감나무 두 그루.

走進草地

從前這裡有一條路，人們的故事在這條路來回穿梭，帶著水藍色三角錐帽子的星兒也會下來玩耍。

從前從前，人的心還怦怦跳著，在那心弦上有著閃動的淚水，也有帶著毛絨絨外衣，可愛的喜悅會找上門，開開心心地躍動著。

在很久很久以前

풀밭 속으로

옛날에, 여기 길이 있었지. 그 길로 사람들의 이야기가 지나가고 더러는 새파란 삼각뿔모자를 쓴 별들도 내려와 놀다가곤 했었지.

옛날에 옛날에, 여기 사람의 마음이 살았지. 그 마음결 곁에 눈물도 찾아와 반짝이고 더러는 솜털이 보송보송 귀여운 기쁨들도 따라와 콩당콩당 뛰어놀았지.

더 아주 옛날에.

2021
김두엽

2019
김두엽

越過山

那個遠方

越過山間

有誰住在那？

會住著

雙眼雪亮的孩子

雙耳通達的孩子

我好想念

兩隻山鳥

啼叫飛過

吱吱喳喳，吱吱喳喳

산 너머

저 너머

저 산 너머

누가 누가 사나?

눈이 밝은 애

귀가 맑은 애

살겠지

보고 싶어

산새 두 마리

울며 난다

짹째글 짹째글.

黃色

餘波盪漾的春
用黃色填滿世界
漆滿田野
點綴村莊
從彎曲小徑
到村莊道路
倒滿黃色
黃色成了春天
上天在初始
所給的禮物
就是黃色
黃澄澄的油菜花們
滿盈盛開之時
不要連天空也佔滿
在田野邊一些就好
在家裡的一角就好

노랑

찰랑찰랑 차오르는 봄
노랑으로 채웠다
들판을 채우고
마을을 채우고
마지막 남는 들길
마을 길까지
노랑으로 채웠다
노랑은 봄이 되어
하느님이 맨 처음
돌려주시는 선물
노랑아
노랑 유채꽃들아
많이 많이 채우더라도
하늘까지는 채우지 마라
들판 위에 조그만
집 한 채

加上幾棵樹木

別連上頭飛著的鳥兒

也沾上了

나무 몇 그루

그 위에 새들일랑

지우지 마라.

2021
김두엽

美好的消費

人生總是在消費

我消費你

你消費我

不過你

總是無法拒絕

美麗的消費

아름다운 소비

인생은 어차피 소비다

나는 너를 소비하고

너는 나를 소비하고

그렇지만 너는

아름다운 소비

언제든 거부할 수 없다.

一月一日

在花盆裡澆了過多的水，花會凋零

如果給了過多的愛，對方也會離開

出爾反爾

任性固執

自大妄為

對不起，我對不起你

新的一年我所要做的事

試著不去思念你

試著不去叨擾你

試著把愛收起

1월 1일

화분에 물을 많이 주면 꽃이 시들고

사랑도 지치면 사람이 떠난다

말로는 그리하면서

억지를 부리고 고집을 세우고

뭐든 내 맘대로 해서

미안했다 네게 잘못했다

새해의 할 일은

너의 생각을 조금만 하는 것

너에게 말을 적게 하고

사랑 또한 줄이는 것

然後將你

送至遠方

在你身後裝上翅膀

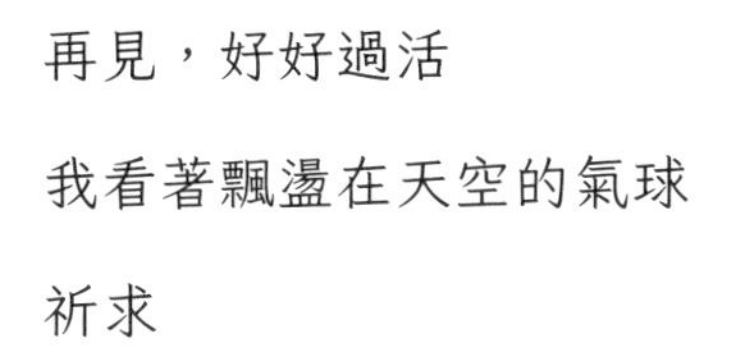

再見，好好過活

我看著飄盪在天空的氣球

祈求

그리하여 너를 멀리 멀리

놓아 보내는 일

너에게 날개를 달아주는 일

잘 가라 잘 살아라

허공에 날려 보낸

풍선을 보면서 빈다.

在你面前

我在你面前

竟然忘卻年齡

成為害羞的少年

雙頰泛紅

結結巴巴的少年

該先說什麼才好？

而你

在我開口前

都已經明白我將要告訴你之事

네 앞에서

나는 네 앞에서

턱없이 나이도 잊고

수줍어하는 소년

얼굴 붉히며

말을 더듬는 소년

무슨 말을 먼저 해야 좋을지?

그러나 너는

내가 말하기도 전에

내 말을 잘도 알아듣는다.

2021
김두엽

朋友

風是蘆葦草的朋友
當蘆葦草們一整天
無聊地待在原地時
風兒會來找它玩耍
蘆葦喜歡它的朋友
一同手舞足蹈
也一同拉開嗓子歌唱

친구

바람은 갈대의 친구
갈대들 온종일
심심하게 서 있을 때
바람이 찾아와 놀아준다
갈대는 친구가 좋아
춤추기도 하고
노래 부르기도 한다.

故鄉

當我病重時
我會在故鄉舒川的新韓醫院或慶尚北道的韓藥房
買韓藥來治病
病痛很快就會痊癒

當在首爾的女兒生病時
吃了公州的延春堂韓藥院
所調製的韓藥後也痊癒了
因為女兒的故鄉正是公州

當人們生病或不舒服時
有一間鄉下韓藥房能治癒
能有多好

고향

몸이 아파 병이 깊으면 지금도 나는
고향인 서천의 신한의원이나 경북한약방에서
한약을 지어다 먹는다, 그러면
병이 쉬이 낫는다

이번에 서울에 있는 딸아이가 아팠을 때
공주에 있는 연춘당한의원에서
약을 지어다 먹고 몸이 좋아졌다, 그것은
딸아이의 고향이 공주이기 때문에 그렇다

사람이 몸이 아프거나 병이 들었을 때
약을 지어다 먹을 시골의 한의원 한 군데쯤
있다는 건 좋은 일이다.

2021
김두엽

回憶

有人認為過往的事不值得回顧

只有眼前的現在是最為重要

不過我既愛著現在與未來

也仍愛著過往

我愛著那些回憶

我們是任何人回憶中的人物，也構成回憶中的風景

是回憶美好的兒女們

我是你回憶裡的背景，你是我回憶裡的主角

我不僅珍愛著你的現在與未來

也珍惜呵護你的回憶

即便現在的你白髮蒼蒼，但在回憶中的你

仍帶著一副雪亮的雙眼，青澀無比

時而還是純真可愛的孩子

當我愛著今天的你

即表示我愛著你的過往

並大方接納那片刻回憶

추억

지나간 날은 돌아볼 가치조차 없다고 말하는 사람이 있습니다
오직 소중한 것은 현재일 뿐이라고 힘주어 말하는 사람도 있습니다
그러나 나는 현재나 미래를 사랑하는 것만치나
지나간 날들을 사랑합니다
추억을 사랑합니다
우리는 누구나 추억 속의 인물이고 추억 속의 풍경입니다
추억의 아름다운 아들딸들입니다
나는 당신 추억의 배경이요 당신은 내 추억의 주인공입니다
나는 당신의 현재나 미래를 아끼고 사랑하는 것만치
당신의 추억 또한 아끼고 사랑하고 싶습니다
지금 비록 당신은 나이가 든 사람이지만 추억 속의 당신은
눈이 부시도록 푸르른 젊은이였고 한때는 철없이 귀여운
어린아이였다는 것을 알기 때문입니다.
결국 오늘의 당신을 사랑한다는 것은 당신의 지난날들과
그 추억까지도 고스란히 받아 안아 사랑한다는 말에 다름 아닙니다.

秋日陽光

我從不知道
你臉上已經
布滿皺紋

我期盼
明天
我們能再次相遇

가을 햇빛

당신 얼굴의 잔주름이
이렇게 많은 줄
미처 몰랐구려

내일도 우리 다시
만날 수 있었으면
좋겠습니다.

202
김두

2020
김두엽

花香

個子高的花

個子矮的花

和樂融融相處的樣子

是多麼的美好

蝴蝶

一隻蝴蝶

悄悄飛來

聞了聞花的香氣

個子高的花香

個子矮的花香

꽃향기

키 큰 애들

키 작은 애들

사이좋게 노는

모습 보기 좋아

나비

나비 한 마리

살그머니 날아와

꽃향기 맡고 간다

키 큰 애들 향기

키 작은 애들 향기.

2021

就像現在這樣

三部

這是

你的人生

也是我的人生

更是我們每個人

每一天的人生

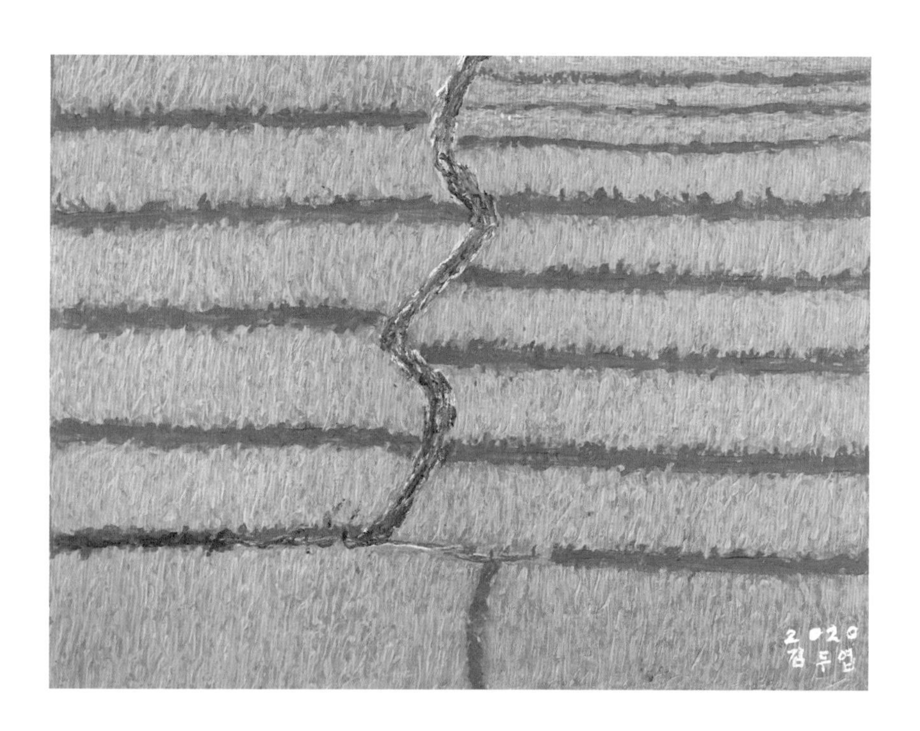
2020
김두엽

飯

米飯就是母親

母親的愛

母親將米飯盛進碗

溫潤的米香

母親的味道

即使離開了家

也忘不了那股味道

밥

밥은 어머니

어머니 사랑

어머니 밥 지을 때

구수한 냄새

어머니 냄새

집 떠나 떠돌 때도

그 냄새 잊지 못해요.

媽媽的話

孩子，抱歉

可是，孩子
媽媽會看顧著你
別擔心

孩子，我愛你

엄마의 말

아가야 미안해

그렇지만 아가야
엄마가 지켜보고 있으니
너무 걱정하지는 말아라

아가야, 사랑한다.

2020

水仙花

春天的妖精
提著一個個
鵝黃燈火

我來了
今年的春天早已降臨
我來了

水仙花
吹響無聲的喇叭
用著金黃色聲音宣告世上

수선화

봄날의 요정
노랑 등불
하나씩 들고

내가 왔어요
올해도 봄이 되어
내가 왔어요

수선화 소리 없는
나팔을 분다
황금빛 소리로.

2020
김두엽

鳥兒來了

새들이 왔다

草叢茂密，溪水清澈
魚兒逕自悠遊
鳥兒來了

덤불이 좋고 물이 좋아
고기가 사니
새들이 왔다

我每天坐著公車來回經過
路邊的那條小溪
有著鴛鴦兄弟
有著小鸊鷉
喔，還有綠頭鴨

매일 나, 버스 타고 오고 가는
길가 개울에
저것은 원앙이사촌
저것은 논병아리
오, 또 저것은 청둥오리

冬日覆蓋大地
我們的鄰居
來到這裡與我們一同過冬
牠們築起巢穴攜家帶眷

우리들의 겨울 한복판
우리 옆에 와 겨울을 함께 살기 위해
우리의 이웃들이 돌아왔다
보금자리 틀어 새끼 치러 왔다

人們啊

別嚇著了牠們

別設網捕抓牠們

牠們難道不已是我們的兄弟

我們的家人嗎！

사람들아 행여

저들을 놀라게 하지 마라

올무 놓아 함부로 잡을 생각을 마라

저들은 이미 우리의 형제

가족들이 아니겠나!

剩下的地

劃地撒種務農

剩下的地

建蓋房屋

雖曾有過那樣的時候

但現在

劃地建蓋房屋

剩下的地

才撒種務農

남은 터

농사짓고

남은 터에

집을 짓던 시절이

있기는 있었는데

지금은

집을 짓고 남은 터에

농사지으며 산다.

2021
김두엽

我們村子

우리 마을

不能因為它小巧
就小看這裡
這裡什麼都不缺
這裡是我們的村子

我的爸爸強壯勇敢
牽著小牛
我的媽媽溫柔美麗
守護家園

我呢，我呢
牽著哥哥的手
欣賞水鴨悠遊

작은 마을이라고
깔보시면 안 돼요
좋은 것은 다 있는 게
우리 마을

씩씩한 우리 아빠
송아지 끌고
예쁜 우리 엄마
집을 지키고

나는 나는야
오빠 손잡고
오리 구경 가요

三隻水鴨

水鴨爸爸、水鴨媽媽

水鴨寶寶

오리는 또 세 마리

아빠오리 엄마오리

아기오리.

期盼

每逢下雨

或陰雲

那股相信

雲層後總有太陽的信念

使得我們

活過每一天

無月的夜

在夜空裡

總有星辰暗自發光的想法

使得我們

動身前往遠方

소망

비 오는 날이나

흐린 날이라 해도

구름 위에 분명 태양이

빛나고 있을 거라는 믿음이

하루하루 우리를

견디게 한다

달도 없는 밤

하늘 위에 별들이 분명

반짝일 거라는 생각이

때로 우리를 먼 땅으로

떠나게 한다

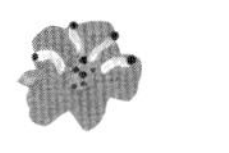

別因無法觸碰星辰

而頑強地

否決它的存在

光是望向星空

就會眼眶濡濕的我們

已經勝過千言萬語

當洪水氾濫，使江水混濁不堪

它總有一天會再次清澈流經

因為乾淨的山泉

會在某處源源不絕

별에 이르지 못한다 해서

별이 소용없는 거라고

우기지 말자

별을 바라보며 눈물

글썽임만으로도 우리의

몫은 충분한 것이다

홍수 져 강물이 흐려지고 넘쳐나도

다시 강물이 맑아지는 것은

어딘가 맑은 샘물이

솟고 있기 때문이다.

花田一隅

向日葵再來是鳳仙花
鳳仙花再來是松葉牡丹

我蹲低身子，直視它們
你好、你好，過得好嗎？

笑著看著它們
說著我愛你、我愛你

松葉牡丹笑了
鳳仙花也笑了

那向日葵，向日葵
也展開笑顏笑了

꽃밭 귀퉁이

해바라기보다는 봉숭아
봉숭아보다는 채송화

쪼그리고 앉아서 눈을 맞추며
안녕 안녕 잘 있었니?

눈을 맞추고 웃으면
사랑해 사랑해 말해주면

채송화꽃이 웃고
봉숭아꽃도 웃고

해바라기 해바라기꽃까지
따라서 웃는다.

2021
김두엽

好的時候

좋았을 때

好像是
拜訪完當保母的堂姨回來的路上

經過山林小路時
我聽見鳥啼聲而停下
靜靜傾聽

越過小溪時
如果看見魚兒在水面呼嚕呼嚕
我也會探入水底探頭探腦

當我回到家時
紙門已經用以
燈光暈染成片

식모살이하는 사촌이모
만나고 오는 길이었던가

숲길을 지나다가
새소리 만나면 멈춰 서서
새소리에 귀를 팔고

개울을 건너다가
물 위에 잠방대는 물고기 만나면
물속 좀 기웃거리고

집에 돌아왔을 때는 이미
장지문에 불빛이 환히
물들어 있었지

當時還不知道

內心住著

森林、小溪

鳥兒、魚兒的時候

是最美好的時候

그때는 마음속에
숲이 있고 개울이 있고
새들과 물고기들 살고 있음을
아직은 몰랐을 때

거 참 좋았을 때.

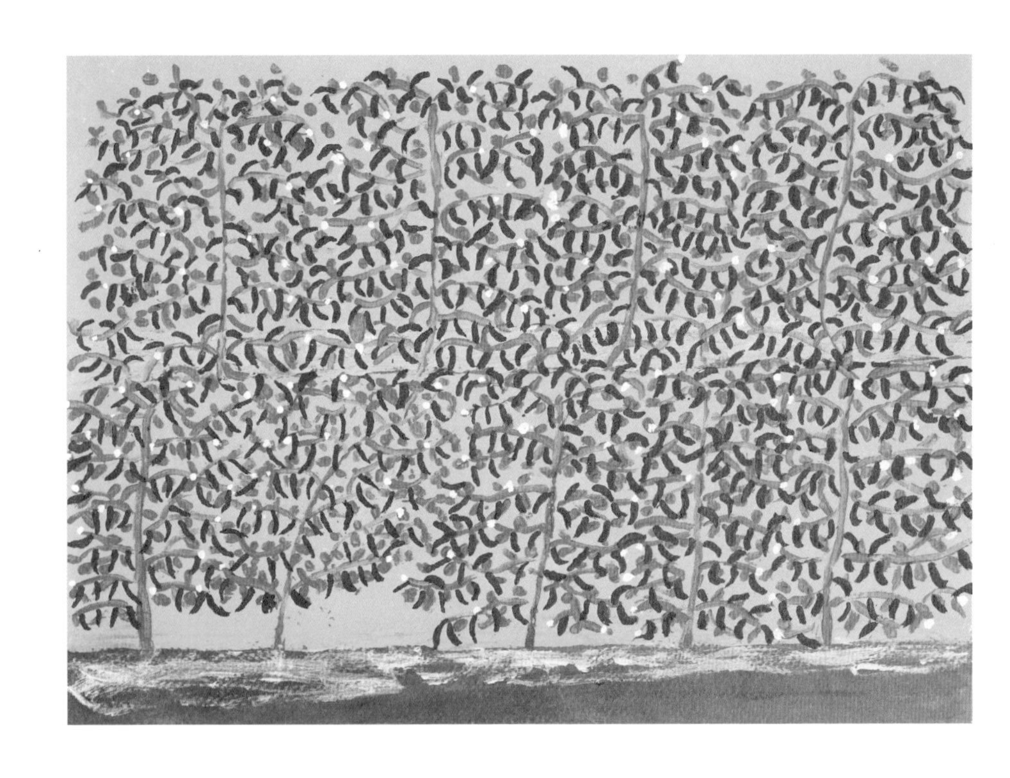

日曬辣椒

為了觸及天空
辣椒往上往上
長高長大

像極了太陽的心
陽光走進林間
結實纍纍

태양초

하늘 닿는 마음
하늘까지 고추가
열렸네

해님 닮은 마음
해님이 내려와
주렁주렁 열렸네.

20
김 두

誤會

花田裡張開雙臂的
稻草人

是為了何物
而伸長了手臂？

應該不是
讓蟲兒與蝴蝶無法靠近吧？

오해

꽃밭에 팔 벌린
허수아비

무엇 지키려고
팔을 벌렸나?

벌 나비 못 오게
지키는 건 아니겠지?

爸爸的家

아버지의 집

媽媽，那兩三隻蒼蠅
請別驅趕牠們
當夏天我回故鄉
推開舍廊房的門
闔眼小睡時
那兩三隻蒼蠅，嗡嗡嗡
在我頭上飛呀飛
我才能真正感受
現在已回到
爸爸、媽媽的家了
我才能睡得更深更熟
沉浸在午覺的安穩山谷內
媽媽，更別捕抓
在老舊木柱上
挖洞築巢，飼育幼蟲的黃蜂

어머니, 파리 두어 마리쯤은
잡지 말고 그냥 두세요 모처럼
여름날 고향집에 돌아가
사랑방 문을 열어젖히고
낮잠이라도 잘 때
파리 두어 마리쯤 앵앵앵
소리 내며 날아다닐 때 아,
비로소 아버지의 집에
어머니의 집에 내가 돌아왔구나
분명하게 느낄 수 있으니까요
그래야만 더욱 깊고도 편안한
낮잠의 골짜기로 빠져들 수 있을 테니까요
어머니, 오래 묵은 나무 기둥에
구멍을 파서 집을 짓고 알을 낳는
나나니벌은 더더욱 잡지 마세요

牠是我自小以來

最好的朋友

그는 어려서부터 제 좋은

친구였거든요.

蟬

大地進入旱期
最為開心的是
那群蟬子們
日出前就紛紛甦醒
拉開嗓子
沙沙喳喳
唧唧知了
使我自深深睡眠中
驚動、翻搖、喚醒
世界真是公平
當一方沉默無聲
就會由另一方
用明亮高響的聲音泉源
填滿、注入、補全

매미

날이 가물어서
살판난 것은
매미들이다
해가 뜨기 전부터 일찍 깨어
울어대는 매미
스적스적 우는 녀석
왕왕 우는 녀석
고단한 잠자리
나의 혼돈을 흔들어 깨운다
세상은 참 공평하기도 하시지
한쪽이 허하니
어딘가 다른 한쪽이
또 그렇게 맑은 소리의 샘물로
채워진다는 사실

我們的這一天
也不能渾噩虛度

오늘 하루도 함부로
살아서는 아니 되겠다.

2020
감두엽

別這樣問

別問他人一直以來都做了什麼
那是對於人生的冒犯
想要表示善意，就問你怎麼走到今天的
並且在接下來的人生打算怎麼過活
這樣問會更好

別問他人一直以來都看到了、聽到了什麼
那是對於人的絕望
問問他，一直以來感受到了什麼
那麼就能得知他對於世界是懷抱喜悅還是悲傷

그렇게 묻지 마라

그동안 무엇을 하며 살았느냐 묻지 마라
그것은 인생에 대한 모독이다
정이나 묻고 싶으면 어떻게 살았느냐 물어보라
더 나아가 무엇을, 어떻게 하며 살았느냐
그리 물으면 더욱 좋을 것이다

그동안 무엇을 보았느냐 들었느냐 묻지 마라
그것은 사람에 대한 절망이다
차라리 무엇을 느꼈느냐 물어보라
그러면 세상이 좋았는지 슬펐는지 대답이 나올 것이다.

觀光勝地

世界變得真好

有些地方

宛如來到

另一個國家

在那裡

一切都很新穎

很美麗

但我卻很陌生

顯得孤獨萬分

就像從星星來的人

관광지

세상 참 좋아졌지

어디 딴 나라

외국에라도

온 듯한 느낌

그곳에 가면

모두가 새롭고

예쁘지만

나만 혼자 낯설고

외로운 사람

별나라 온 사람.

2019

2019
김두엽

空屋

一個人都沒有

但仍然
無法貿然靠近
因為那赤紅的玫瑰
沿著圍牆盛開
緊盯著入口之外

綠樹也佇立於側
守護著家園

빈집

아무도 없다

그래도 선뜻
발길 들일 수 없는 것은
저 붉은 장미
담장에 피어
이쪽을 보고 있기 때문이다

푸른 나무도 그 옆에서
집을 지키고 있기 때문이다.

新春的語法

別對新春
說半語

對年幼的孩子也請說
你好嗎？
很高興見到你
用溫柔有禮的話語對待

別在新春
愁眉苦臉

對曾有過不開心過節的人也請說
你過得好嗎？
最近還好嗎？
向對方伸出溫暖的手

새봄의 어법

새봄에는 반말을
하지 맙시다

나이 어린 사람에게도
안녕하신가?
만나서 참 반가우이
부드럽고 정겨운 말을 건넵시다

새봄에는 찡그린 얼굴을
하지 맙시다

조금 섭한 일 있던 사람에게도
그동안 별고 없으셨나요?
요즘은 어떻게 지내시는지요?
따뜻한 손 내밀어 마주 잡읍시다.

註：韓語有分敬語和半語；半語通常使用於親密的平輩或晚輩身上。

2021
김두엽

以前

옛날

以前
很久以前
住在磚瓦房時

山嶺
翻過山領
離開家的女兒

穿著
橘黃上衣
淺紅裙子

遠遠
走向遠遠
還落下淚水

옛날
아주 옛날
기와집 짓고 살 때

고개
고개 넘어
집 떠나는 딸아이

노랑 저고리
빨강 치마
차려입고

멀리
멀리서 보며
울기도 했네

再見，孩子

去到那

好好生活

好的，母親

母親

我會的，我會的

잘 가라 아가야

잘 가서

잘 살아라

네 어머니

어머니

그럴게요 그럴게요.

房子

石階上有三雙鞋

三個人生活在一個家

院子內

也有三隻雞

樹枝上

也有三隻鵲

不過

只有一頭狗

還有

兩盆花

어떤 집

댓돌 위에 신발이 셋

세 식구 사는 집

마당 위에 노는

닭도 세 마리

나뭇가지 위에

까치도 세 마리

그런데 강아지는

한 마리

화분은 또

두 개.

2021

還是懷念的那時候

工作

不是為了

給孩子買零食或打發時間

而是

為了家人們的生活

而外出工作

當工作一整天後

放下雙手與肩膀的疼痛

回家的路上

愈靠近家裡

內心也一點一滴有了氣息

得趕緊回家看看孩子才行

그래도 그리운 날

아이들 군것질감

사주려고 심심풀이 다니던

일터가 아니었어요

여러 식구 함께

밥 먹고 살기 위해

다니던 일터였어요

하루 종일 팔다리 어깨

아프게 일하다가

일손 놓고 돌아오는 길

집이 가까이 마음이

더 가까이 와 있었어요

얼른 가야지 아이들을 만나야지

現在回想起來

那種日子雖艱辛卻仍懷念

那些無法再回去的日子

돌아보아 그래도

그런 날이 그리운 날이었어요

다시는 돌아갈 수도 없는 날들.

我們家2

阿淑

你家在哪裡？

你家在教堂旁邊

阿英

你家在哪裡？

在阿淑家的隔壁

阿淑、阿英的家

都有汽車

只有我們家沒有汽車

우리 집 2

숙이야

느이 집이 어디냐?

느이 집은 교회당 옆집

영이야

느이 집은 어디냐?

숙이네 집 옆집

숙이네도 영이네도

자동차가 있지만

우리 집만 자동차가 없단다

不過我們家

是那間有著美麗紅色屋頂的房子

그렇지만 우리 집은

빨강 지붕이 예쁜 집.

樹木，老友

樹木有高有矮，有的大樹樹蔭茂密，樹幹粗實，坐在樹蔭下就像陷入夢境，我在夢裡去到了很遠的遠方；去到了陌生的國度。細微的風聲、川流潺潺、掃過山岳的響雷、鳥鳴、嘩啦水聲，還有在水裡游動的魚兒震動魚鰭的聲響迴盪於耳。

哪有比起樹木更加龐大高壯，擁有寬厚德性的生命呢？它從不會傷害萬物只給予幫助。鳥兒棲身枝椏；風兒流經穿梭；雲兒也能輕輕倚靠，從樹葉間望去的天空剪影寬闊無比，夜空灑下的月色星光又有多麼耀眼璀璨。

나무, 오래된 친구

나무라도 키가 큰 나무, 울울창창 자라 그늘이 짙고 밑동이 아름으로 자란 나무. 그런 나무 아래 앉으면 나는 그만 꿈꾸는 사람이 되어 멀리 멀리 떠나가 아직 모르는 낯선 나라를 헤매는 마음이 된다. 머언 바람 소리, 강물 소리, 산악을 스치는 우레 소리를 듣고 새소리, 물소리, 물속을 헤엄치는 물고기의 지느러미 소리를 듣는다.

나무보다 더 커다란 덕성을 지닌 목숨이 어디 있을까. 그 무엇에게도 손해를 끼치지 않고 오직 도움만을 자청하는 어진 생명. 새들을 깃들이게 하고 바람을 불러오고 때로는 구름의 보금자리를 마련해주는 나무. 나무 사이로 보이는 하늘 또한 얼마나 아스라이 높고 밤하늘의 달빛이며 별빛은 또 얼마나 눈부신 것이었던가.

我小時候，就讀公州示範學校一年級，十六歲生日那時。在老舊校舍後方的試驗園地，有著一棵粗壯的大樹，那是我第一次看到的樹種，雖說我在日後才知道那棵樹是木百合樹，但在當時我坐在樹下，做了無數個夢，成為了內心富裕充滿的孩子，多麼幸福啊。

我從沒去過歐洲，但卻在樹下思念自歐洲誕生的赫曼赫賽，偶而是里爾克等等這些詩人。啊，樹木就是個喜愛作夢的孩子，它也喜歡將人引領自樹下一同作夢，樹木堅定溫柔，是我們的好鄰居，也是多麼值得思念的朋友。

나 어려서 어려서 열여섯 살 공주사범학교 1학년 학생일 때. 학교 낡은 교사 뒤 쓸쓸한 실습지에 외따로 서 있던 두어 아름 크기의 나무. 처음 보는 나무라서 그 나무 이름 목백합이라는 걸 나중에야 알았지만 그 나무 아래 앉아 나는 얼마나 많은 것을 꿈꾸는 아이였던가. 얼마나 가슴 부푼 아이로 행복했던가.

한 번도 가보지 못한 유럽. 그 유럽의 한 나라에서 태어난 헤르만 헤세, 혹은 라이너 마리아 릴케란 이름의 시인을 그리워한 것도 그 나무 아래서였다. 아, 나무는 스스로 꿈꾸기 좋아하는 아이. 사람을 불러들여 더불어 꿈꾸게 하는 또 하나의 인격. 나무는 얼마나 의젓하고 정다운 우리의 이웃이며 얼마나 그립고도 좋은 친구인가.

雖然我已經不再年輕，但仍會騎著腳踏車，將其停在樹旁，坐在綠油油的樹蔭下，繼續作著少年時期未完的夢，大樹啊，因為有你我才不至孤獨，即使一個人也擁有陪伴，幸福不已。謝謝你，我的老友。

나 이제 나이 든 사람이지만 문득 자전거 타고 가다가 자전거 세워놓고 초록 물 질펀히 들어가는 나무 아래 쭈그려 앉아 소년 시절 미처 다 꾸지 못한 꿈을 꾸기로 한다. 나무여, 그대가 있어 나는 외로워도 외롭지 않았고 혼자라도 혼자가 아닌 사람이었다오. 그대로 하여 행복했다. 진정 고맙구려, 오래된 친구.

2020
김두엽

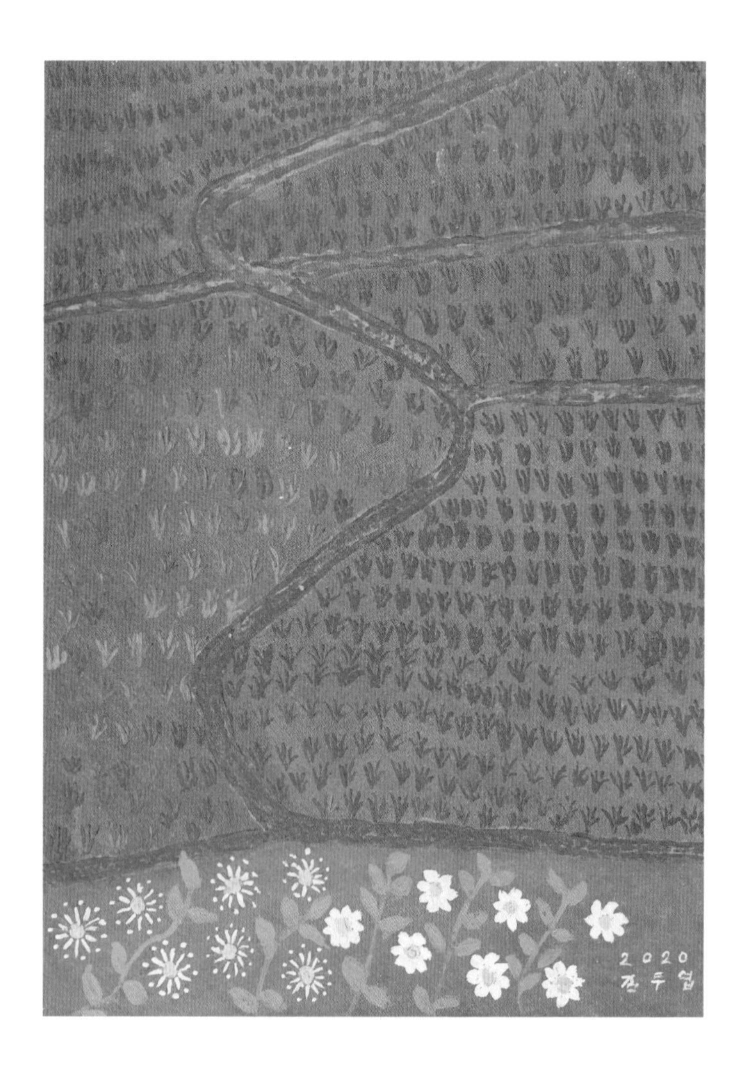
2020

田埂小路

心之所向

愛之所往

人的步伐

順沿而上

別搖搖晃晃

別踉踉蹌蹌

在水田裡種植的稻子

看著你

논둑길

마음이 간다

사랑이 간다

사람의 발걸음도

따라서 간다

비틀거리지 마라

비틀거리지 마라

무논에 자라는

벼들이 보고 있단다.

想稱讚的那天

曾有過那樣的日子

每天將別人的衣服
清洗乾淨，找尋破洞
縫補熨燙
將其成為一件新衣

回顧那時，雖然辛苦
但卻是讓世界
變得更加乾淨的日子
現在無法回去的日子

我想
稱讚自己
你做得很好
你表現得很好

칭찬해주고 싶은 날

그런 날들도 있었지

날마다 남의 옷가지
빨아서 해진 곳 찾아서 깁고
다리고 다듬어
새 옷으로 바꾸던 시절

돌아보아 고달프긴 했어도
세상을 깨끗하게 만들던
날이었다네
이제는 돌아갈 수 없는 날들

내가 나를
칭찬해주고 싶어요
잘했어요
참 잘했어요.

2020
김 두 엽

我們的人生

누군가의 인생

去到不知名的地方
見到不認識的人
就連發生什麼事都不知道

雖然如此，我們的每天仍是
認真的每一天
因為這是只有僅一次的人生

珍惜你自己
安慰你自己
稱讚後再緊緊擁抱

如果可以
想像十年後的自己
將那副模樣放在心上

어딘지 모르고 가고
누군지 모르고 만나고
무슨 일인지도 모르고 하는 일들

그래도 우리의 하루하루는
엄중한 날들
오직 하나뿐인 인생

너 자신을 아껴라
너 자신을 위로하고
칭찬하고 또 껴안아주라

할 수만 있다면
10년 뒤의 너 자신의 모습을
가슴에 품고 살아라

這樣的話不知不覺

十年後的你

就會是你所刻劃的模樣

那就是你的人生

也是我的人生

是我們每一天的人生

그러다 보면 어느 사이엔가
10년 뒤에 네가 되고 싶은
너 자신이 될 것이다

이것이 너의 인생이고
나의 인생
우리들 모두의 날마다의 삶이다.

2021
김두엽